PABLO NERUDA

BALLADEN
VON DEN BLAUEN FENSTERN

PABLO NERUDA

BALLADEN VON DEN BLAUEN FENSTERN

Gedichte
spanisch/deutsch

Auswahl, Nachdichtung
und Nachwort von
FRITZ RUDOLF FRIES

LUCHTERHAND

BALLADEN

VON DEN BLAUEN FENSTERN

AMO LA MANSEDUMBRE ...

Amo la mansedumbre y cuando entro
a los umbrales de una soledad
abro los ojos y los lleno
de la dulzura de su paz.

Amo la mansedumbre sobre todas
las cosas de este mundo.

Yo encuentro en las quietudes de las cosas
un canto enorme y mudo.
Y volviendo los ojos hacia el cielo
encuentro en los temblores de las nubes,
en el ave que pasa y en el viento
la gran dulzura de la mansedumbre.

ICH LIEBE DIE SANFTMUT …

Ich liebe die Sanftmut, und trete
ich über die Schwelle einer Einsamkeit,
öffne ich die Augen und lasse sie überlaufen
von der Süße ihres Friedens.

Ich liebe die Sanftmut über
allen Dingen dieser Welt.

Ich finde in der Beruhigung der Dinge
ein großes und ein stummes Lied.
Die Augen zum Himmel wendend,
gewahre ich im Erschauern der Wolken,
im Vogel, der vorüberzieht, und im Wind
die große Süße der Sanftmut.

DE MI VIDA DE ESTUDIANTE (1)

Campanas, campanas. Tocan las campanas
y pueblan el aire todos los sonidos.
Campanas, campanas. Las notas lejanas
en el doliente vibrar del gemido …

¡Se pasan los días! Llegará mañana!
¡Pasará mañana sin luz y sin ruido!
¡Y las luminosas quimeras humanas!
¡Y los goces siempre, siempre prometidos!

¡Mañana, mañana! Los ojos cansados
hace mucho tiempo que ya están cerrados
y húmedos y tristes de tanto esperar!

¡No tocar las tristes campanas lejanas!
(Se pasan los días como las campanas
tocan, tocan. Luego dejan de tocar.)

AUS MEINEM STUDENTENLEBEN (1)

Glocken, Glocken. Es läuten Glocken,
und alle Klänge bewohnen die Luft.
Glocken, Glocken. In der Ferne die Noten
im wimmernden Vibrato des Schmerzes ...

Die Tage – dahin! Es kommt ein Morgen.
Es vergeht ein Morgen ohne Licht noch Laut!
Ach des Menschen leuchtende Schimären!
Ach die Genüsse, die man uns immer nur verspricht!

Morgen, morgen! Die müden Augen, sie sind
seit langer Zeit geschlossen
und naß und traurig von soviel Warten!

Laßt ab, die fernen Glocken zu läuten!
(Die Tage gehen dahin wie die Glocken
in ihrem Geläut. Dann hören sie auf zu läuten.)

EL DESEO DE IRSE

Ha penetrado el sol por mi ventana,
todo lo ha iluminado alegremente.
Ladra un perro y un pájaro desgrana
armoniosos gorjeos a torrentes.

De espaldas en mi lecho siento un vago
deseo de adorar las lejanías,
de perderme en la bruma de los lagos
y cegarme en la luz de la alegría.

De irme cantando en el camino agreste
sintiendo la dulzura de las tardes
y lleno el corazón de la celeste
llama de amor que en los caminos arde...

DER WUNSCH FORTZUGEHEN

Die Sonne steigt ein durch mein Fenster,
hat alles fröhlich erleuchtet.
Ein Hund bellt, und ein Vogel entlockt
seiner Stimme ein mächtiges Trillern.

Auf dem Rücken liege ich in meinem Bett
und weiß nicht, warum ich die weite Welt
anbeten möchte, mich im Dunst der Seen
verlieren, mich mit dem Licht der Freude blenden.

Mit einem Lied zu wandern über wilde Wege,
die milden Nachmittage im Gefühl,
und das Herz entbrennt in der himmlischen Flamme
der Liebe, die am Wegrand glüht …

LA REBELDÍA

Cuando son azotados por la lluvia y el viento
los álamos elevan una oración salvaje
y parece que muestran al negro firmamento
la hirsuta cabellera de su verde ramaje.

Pero después se cansan de implorar lo imposible
y en un rebelde instante se mantienen erguidos
desesperadamente, con un indefinible
deseo de agrandarse para no ser vencidos.

Y en la lucha salvaje con la naturaleza
tienen esa apostura de suprema grandeza
de los que le levantan en una rebelión.

Pero ellos serán siempre los eternos vencidos
y victoriosamente da siniestros silbidos
el viento que retuerce la dócil ramazón.

REBELLION

Ausgepeitscht vom Regen und vom Wind
richten die Pappeln sich auf und klagen wild,
stehen am schwarzen Firmament und sind
mit zottiger Mähne aus grünem Astwerk ein Schild.

Doch bald sind sie müde, das Unerreichbare zu wollen,
nur einmal noch zeigt Rebellion ihre Statur,
wenn sie an dem verzweifeln, was sie sollen,
und in ihrem Wunsch nach Größe zeigt sich die Natur.

Der Kampf ist wild und gilt allen Gewalten,
und in Schönheit können sie ihre Größe halten,
die allen gehört, die eine Rebellion erhebt.

Doch immer wird man sich zu den Besiegten zählen,
und mit bösem Zischen wird der Wind sie quälen,
der Sieger, unter dessen Hand der fügsame Ast erbebt.

EL SOLITARIO

Patio de escuela, patio soleado y sencillo
rodeado de casuchas de paredes musgosas,
un álamo que eleva su ramaje amarillo,
un corredor muy largo y un rosal hecho rosa.

El tiempo, el caprichoso cambiador, el que viste
con ropaje confuso la quietud de las cosas
lo ha puesto todo triste, barrosamente triste,
pero es una tristeza descuidada y hermosa.

El álamo se eleva soberbio y orgulloso
ondulando el ramaje dorado y poderoso
encima de la suave tristeza de las cosas.

El álamo desprecia lo que abajo se extiende.
Desprecia sin mirarlo al rosal que le tiende
el sagrado perfume de sus últimas rosas …

DER EINSAME

Schulhof du, der Sonne ausgesetzter Ort,
von Hütten umstellt mit bemoosten Wänden;
im gelben Laub die Pappel dort,
ohne Ende der Gang, den Rosenstock in Händen.

Die Zeit ist ein launischer Wechsler, verkleidet
mit irren Kostümen, mit denen sie uns streichelt.
Sie gibt uns Trauer, wenn sie die Dinge meidet,
aber es ist eine Tristesse, die uns schmeichelt.

Die Pappel erhebt sich hochmütig und stolz,
in goldenen Wellen zeigt sich ihr schönes Holz,
trauernd kann sie so sanft mit den Dingen kosen.

Mit Geringschätzung sieht sie, was am Boden ist.
Verachtet blicklos den Rosenstock, der sich an ihr mißt,
den geheiligten Duft der letzten Rosen …

DE MI VIDA DE ESTUDIANTE (2)

He tomado un libro, luego lo he dejado.
Contra mis deseos no puedo estudiar.
Con la noche en calma se me han despertado
unos seductores deseos de andar.

Me iría cantando por una calleja
el viejo estribillo de un viejo cantar
y añorando todas las penas añejas
no me cansaría de andar y de andar.

Me iría por todas las callas lejanas
mirando los vidrios de alguna ventana
y mirando el cielo gris y ceniciento.

La luna riente me iluminaría
y añorando penas yo no sentiría
más que la alegría del alejamiento.

AUS MEINEM STUDENTENLEBEN (2)

Ich habe zu einem Buch gegriffen, es weggelegt.
Gegen meine Wünsche kann ich nicht studieren.
In der stillen Nacht ist in mir der Wunsch erwacht,
der hat mich angestiftet auszugehen.

Ich will singend durch eine Gasse streifen,
es ist der Kehrreim eines alten Liedes.
Ich will die alten Schmerzen wecken,
und so werden meine Füße weiter wandern.

Durch alle fernen Straßen will ich gehen,
durch die Scheiben eines Fensters sehen,
vor Augen den grauen aschfarbenen Himmel.

Der lachende Mond gäbe mir sein Licht,
die alten Schmerzen kehrten wieder, doch
ich spürte nur die Freude des immer weiter Wanderns.

EL ESPERAR DOLIENTE

No ha venido la amada ni vendrá todavía,
no han llegado las manos que debían llegar.
Y para cuando llegue florecerán los días
alumbrando la suave dulcedumbre de amar…

Y todos los dolores se apagarán. La luna
saldrá mucho más bella tras el monte ideal,
la mirarán los ojos extasiados en una
comunión de sentires alta y espiritual.

No ha venido la amada ni vendrá todavía,
pero, mientras que llega, vivamos la alegría
de tener en la vida una esperanza más.

Ahora por encima de dudas y temores
y engañando la herida de los viejos dolores
esperemos la amada que no vendrá jamás.

DAS SCHMERZHAFTE WARTEN

Nicht gekommen ist die Geliebte, nie wird sie
kommen, nie ihre Hände reichen.
Am Tage ihrer Ankunft wird alles blühen wie noch nie,
die Sanftmut wird der Trauer weichen …

Ausgelöscht sind dann die Schmerzen dieser Nacht.
Damit der Mond sich dem vollkommnen Berg vermähle.
Die verzückten Augen kommen nicht los von dieser Pracht
in einer Kommunion von Geist und Seele.

Nicht gekommen ist die Geliebte, nie wird sie
kommen, doch ist sie auf dem Weg, und nie
war meine Freude anders als ein Gramm an Hoffnung mehr.

Sind wir über alle Zweifel und Befürchtungen erhaben,
und können wir die Wunde alter Schmerzen nicht ertragen,
so wird das Herz vom Warten auf die Liebe niemals leer.

DESDE QUE TÚ TE FUISTE

Desde que tú te fuiste yo siento la amargura
infinita de haberte callado tantas cosas,
de haber callado, mártir, esta blanda ternura
que oculté como pueden ocultarse las rosas,

y de no haberte dicho las palabras fragantes
que llevaba en la boca, cuidadas y sumisas,
que esperé tantas veces que salieran vibrantes
y que siempre se helaron en una cruel sonrisa.

Ahora que te fuiste sufro el dolor intenso
de haber callado, mártir de mi mismo, el inmenso
tesoro de dulzura que floreció en mi amor …

Pero sé que si un día volvieras a mi vida,
al buscar vanamente las palabras perdidas
sellaría mis labios el oculto amargor.

21 de Julio de 1919

SEIT DU GEGANGEN BIST

Seit du gegangen bist, spür ich die Bitterkeit,
die unendliche, dir so viel nicht gesagt zu haben,
verschwiegen hab ich Märtyrer die sanfte Zärtlichkeit,
die ich versteckte, wie Rosen sich ins Dunkel graben,

und nicht gesagt hab ich der Worte duftenden Hauch,
die ich im Munde trug, sie hegte unverdrossen;
auf die ich wartete und trug sie doch mit Feuer auch,
und die stets zu Eis wurden, wenn sich die Lippen schlossen.

Jetzt da du gegangen bist, leide ich tief in der Brust,
daß ich dir verschwieg des Füllhorns süße Lust,
die nur für dich, mein Lieb, erblühte …

Doch weiß ich, kämst du eines Tages wieder
und ich suchte nach den Worten meiner Liebeslieder,
bewirkte Bitternis, daß ich mich umsonst nur mühte.

21. Juli 1919

EL POETA QUE NO ES BURGUÉS NI HUMILDE

Un muchacho que apenas tiene quince años,
que hace versos punzado por la amargura,
que saboreó las sales del desengaño
cuando muchos conocen risa y ternura.

El conoció la vida tras los bestiales
instintos de la humana naturaleza
cuando creyó encontrarse con ideales
hechos de perfecciones y de belleza,

y sigue por la vida viviendo triste.
(Los hombres no han sabido que en él existe
el poeta que niño no fue pueril).

Y él espera orgulloso con sus dolores,
inconocido y solo, días mejores
que se imagina, loco, que han de venir.

En clase de química del 30 de Julio

DER DICHTER, DER WEDER BÜRGER NOCH DEMÜTIG IST

Ein Jüngling von kaum fünfzehn Jahr,
schreibt Verse, darin die Bitternis pulsiert,
er hat vom Salz der Enttäuschung gegessen immerdar,
indes ein anderer in Liebe groß stolziert.

Er hat im Bestiarium des Lebens Unvernunft gesehen,
wo die Natur ihre Instinkte abgerichtet hat,
und er bat, die Ideale sollten sie ihm lassen stehen,
die so vollkommen sind und schön wie der Tag;

und durchs Leben zieht er und trägt Trauer.
(Die Menschheit wurd aus ihm nicht schlauer
und sah nicht, daß er ein Dichter ist seit er ein Kind).

Und er wartet allein auf bessere Tage,
den Schmerz zu ertragen in besserer Lage,
und er stellt sich vor, sie kommen und eilen geschwind.

In der Chemiestunde am 30. Juli

YO TE SOÑÉ UNA TARDE ...

Mujer, hecha de todas mis ficciones reunidas
has vibrado en mis nervios como una realeza,
llorando en los senderos de la ilusión perdida
siempre he sentido el roce de tu ignota belleza.

Marchitando mis sueños y mis buenas quimeras
te he forjado a pedazos celestes y carnales
como un resurgimiento, como una primavera
en la selva de tantos estúpidos ideales.

He soñado tu carne divina y perfumada
en medio de un morboso torturar de mi ser,
y aunque eres imprecisa, sé como eres, amada,
ficción hecha realeza en carne de mujer.

Yo te miro en los ojos de todas las mujeres,
te miro pero nunca te he podido encontrar
y hay en el desencanto el encanto de que eres,
o que serás más bella que una mujer vulgar.

EINES NACHMITTAGS HAB ICH DICH GETRÄUMT ...

Frau, du Werk meiner vereinigten Fantasien,
du vibrierst in meinen Nerven in königlicher Despotie,
in Tränen wandle ich auf dem Pfad verlorener Illusionen,
und immer spüre ich, wie deine unbekannte Schönheit mich streift.

Als meine Träume welkten und meine schönen Schimären,
gab ich dich in meine Schmiede und formte dich
aus Himmel und aus Erde, ganz Auferstehung, ganz Frühling,
im Dschungel von so viel dummen Idealen.

Von deinem parfümierten Körper, so göttlich, träumte mir,
indes mein Dasein unter schlimmer Folter litt,
und auch wenn deine Konturen zerfließen, weiß ich, Geliebte,
wie du aussiehst, die die Fantasie zur Frau so körperlich erhob.

Ich erschaue dich im Auge aller Frauen,
ich sehe dich und konnte dich doch niemals finden,
und im Erwachen aus dem Traum setzt der Zauber ein,
daß es dich gibt und du schöner bist als gewöhnliche Frauen.

Te sentirán mis sueños eternamente mía
brotando de la bruma de todas mis tristezas
como germinadora de raras alegrías
que avivarán la llama de tu ignota belleza.

31 de Julio

In meinen Träumen wirst du ewig mir gehören,
heraustreten aus dem Dunstkreis meiner Trauer,
seltene Freuden wirst du zum Keimen bringen,
anfachen wirst du die Flamme deiner unbekannten Schönheit.

31. Juli

ESTOS QUINCE AÑOS MÍOS ...

Hostilidad de seres, hostilidad de cosas,
alfilerazos hacia la carne dolorosa
que mintió las caricias que vibraron ayer,
pena, pena infinita, desesperante pena
corazón dolorosa de idealidades plenas
de tanto ensueño vago que truncó una mujer.

Horas que pasan lentas, pesadas y malditas
curvando el ala turbia de la pena infinita
que se estremece y late dentro mi corazón.
(... Y pensar que ví en sueños divinos espejismos,
que quise hundir mis ojos en los mil narcotismos
que templaron mis nervios enfermos de emoción).

Yo no sé si pasaron las alegrías raras,
no sé si ellas, piadosas, me dejaron la clara
lumbre serena y dura de perpetua inquietud
que encendió los destellos de mis vagas pupilas.
Yo no sé si se fueron esas horas tranquilas.
¡Yo no sé si huyó lejos aquel pájaro azul!

DIESE MEINE FÜNFZEHN JAHRE …

In Feindschaft die Geschöpfe, in Feindschaft die Dinge,
Nadelstiche ins schmerzempfindende Fleisch,
das die Zärtlichkeit verleugnete, die es gestern wiegte,
Schmerz unendlich, Schmerz oh Schmerz der Verzweiflung,
Schmerz, Herz und vollkommene Leiden,
und alles ein unbestimmter Traum, den eine Frau mir entriß.

Stunden so träge, so schwer und verdammt,
die den dunklen Flügel des unendlichen Leids zum Flug
sich erheben lassen, das in meinem Herzen erbebt.
(… Und zu denken an die göttlichen Spiegelungen im Traum
in tausend Gifte versenken wollte, meine Augen,
um meine fieberkranken Nerven zu beruhigen.)

Ich weiß nicht, ob die seltenen Freuden ein Ende haben,
weiß nicht, ob sie gnädig mir gewährten
des Feuers heitere und harte, andauernde Unruhe,
welche meine unsteten Pupillen mit Funken entzündete.
Ich weiß nicht, ob die ruhigen Stunden vergingen.
Ich weiß nicht, ob der blaue Vogel in die Ferne floh!

Pero torva, continua como una pesadilla
yo conozco esta pena que mata la semilla
que en un soplo ligero podría germinar,
yo conozco la suma de estras torturas malas
que encima de mis sueños baten las negras alas
y siegan las dulzuras que puedo vislumbrar.

En las horas que pasan estos quince años míos
se encorvan como en una resurrección de estío
y me siguen matando con la eterna inquietud
de saberme imposible con todos mis dolores …
(Quince años dolorosos que después serán flores
para las cuatro tablas de mi negro ataúd.)

Yo no sé si se fueron todas mis horas buenas,
ni sé la enferma hondura de mis remotas penas.
¡Yo no sé si huyó lejos aquel pájaro azul!

Doch bleibt der Schrecken wie ein Alptraum,
ich kenne diesen Schmerz, der den Samen tötet,
den ein leichter Hauch zum Keimen brächte,
ich kenne das Ergebnis all dieser schlimmen Folter,
und schwarze Flügel schlagen über meinen Träumen,
und ihre scharfe Kanten schneiden weg die Wonne, die ich ahne.

Meine fünfzehn Jahre in den Stunden, die verrinnen,
ducken sich wie unter der Glut des wiederkehrenden Sommers
und hören nicht auf, mich zu töten mit ihrer ewigen Unruhe,
wenn sie mir sagen, wie unangebracht meine Schmerzen sind …
(Fünfzehn schmerzhafte Jahre, die einst Blumen sein werden
für die vier Bretter meines schwarzen Sarges.)

Ich weiß nicht, ob meine guten Stunden nun vergangen sind,
noch kenne ich die kränkelnde Tiefe meiner entlegenen Schmerzen.
Ich weiß nicht, ob der blaue Vogel in die Ferne floh!

MOMENTO

Momento de alegría tibia
que buenamente llega en su bondad
a restañar la sangre de todas las heridas.

Toque crepuscular
silencioso y dormido
que enciende en el momento de piedad
esta dulzura que rompió los vidrios
amargos del pensar.

Todo lo que se estrecha en el momento
canta sereno y tibio una canción …
(Duelen los dolores eternos
lejanamente
vienen
y se transforman en amor.)

1 de Setiembre

AUGENBLICK

Augenblick der unbeschwerten Freude,
die sich in ihrer Freundlichkeit mit Güte paart,
das Blut zu stillen aller Wunden.

Glockenklang der frühen Stunde
lautlos und noch schlafend,
du hast, als du dich erbarmtest,
diese Wonne angerührt und das Fensterglas,
das von Gedanken trübe war, zerbrochen.

Was den Augenblick mit Not beschwerte,
singt heiter und unbeschwert sein Lied …
(Ewig die Schmerzen,
die bleiben,
sie kommen aus weiter Ferne
und verwandeln sich in Liebe.)

1. September

EL CANSANCIO TOTAL

Paz de quebrantamiento que se allega doliendo
en el agotamiento del cansancio total,
paz de sordas negruras interiores, recuerdos
que fugitivamente nos dejaron y se van.

Y sin estoicidades, y sin gritos aislados
miramos como cantan los hombres su canción
no somos nadie, nada. Cansancios que llevaron
todo lo nuestro en una total desolación.

10 de Setiembre

DIE VOLLKOMMENE MÜDIGKEIT

Friede der Entkräftung, du kommst mit Schmerzen,
gehörst zur Erschöpfung einer vollkommenen Müdigkeit,
Friede der inneren Verdunkelung, Erinnerungen,
die flüchtig wurden und uns verließen.

Sind weder standhaft noch machen sie Geschrei
die Menschen, denen wir zuschauen, wenn sie ihr Lied singen:
Niemand sind wir, nichts. Müdigkeiten, die uns nahmen,
was wir besaßen im Tausch für elende Verzweiflung.

10. September

TEDIO

Yo llevando en la ruta los amores perdidos
y los ensueños idos
y los fatales signos del olvido.

Yo marchando en la duda de las horas borrosas,
pensando que se han hecho agrias todas las cosas
para alargarnos más la ruta dolorosa.

Y siempre, siempre, siempre recordar la fragancia
de las horas que pasan sin dudas y sin ansias
y que dejamos lejos en la estéril vagancia.

Setiembre 11

ÜBERDRUSS

Ich, der auf meinen Wegen verlorener Liebe Lasten trägt
und die Träume, die vergangen sind,
und des Vergessens verhängnisvolle Zeichen.

Ich, der ich mich aufmache im Zweifel trüber Stunden
und in Gedanken an die Bitternis der Dinge,
die uns den Schmerzensweg nur länger machen.

Und nie vergessen können, nie und nimmer den Balsam
der Stunden, die frei von Qual und Gier verwehen
und die weit hinter uns liegen, wenn wir müßiggehen.

11. September

BALADA DE LA INFANCIA TRISTE

Infancia mía triste como un canto que sigue
por perderse en la bruma, en la luz o en el mar.

Infancia mía triste
clara como un albo voto de castidad.

Horas mías lejanas, horas mías perdidas
que entre la lejanía se santifican más.

Ni un hermano. Ni afectos. Apenas la neblina
de las cosas lejanas que pudieron llegar …

¿Quién enturbió mi infancia, quién me botó cenizas
de muerto? ¿Qué me dieron, que me dieron, Señor?

¿Quién recogió el afecto de mis dulces bondades
esos licores rosados de mi buen corazón?

¿Me pudrieron el vino los odios ancestrales?
¿Tuvieron mis heridas hombres de otras edades
que no conozco aún?

BALLADE VON DER TRAURIGEN KINDHEIT

Du meine Kindheit, traurig wie ein Kehrreim,
bist verlorengegangen im Nebel, im Licht oder im Meer.

Du meine traurige Kindheit
so klar wie das helle Gelübde der Keuschheit.

Ihr meine fernen Stunden, ihr meine verlorenen Stunden,
die aus der Entfernung den Ruch von Heiligkeit annehmen.

Ohne einen Bruder. Ohne die Liebe anderer. Kaum ein
Bodennebel von Dingen, die im Kommen waren …

Wer trübte meine Kindheit, wer warf die Asche der Toten
nach mir? Was haben sie mir gegeben, was – oh Herr?

Wer sammelte meiner Liebe Zärtlichkeiten, all
diese rosa Liköre meines guten Herzens?

Hat der Haß der Vorfahren meinen Wein verdorben?
Trugen die Männer aus anderen Jahrhunderten die Wunden,
die ich noch nicht kenne?

MI TRÍPTICO SIMBÓLICO

I

NADA

Toda mi vida inútil te la ofrezco sumiso,
este fardo doliente que nunca nadie quiso
pero que te lo ofrezco con un orgullo más,
orgullo estéril como todas las cosas mías
porque sé la amargura de que –en algún día–
me botaras lo único que yo te pude dar,
sería solamente otra historia olvidada
para tí y para el mundo.

Después de la amargura
yo sabría mi ruta más y más inhallada,
vendría la obsesión desgarrada y obscura
de que ya para el mundo yo no sería nada,
yo no sería nada,
yo no sería nada.

MEIN SYMBOLISCHES TRIPTYCHON

I

NICHTS

Mein ganzes nutzloses Leben biete ich dir unterwürfig an,
dieses schmerztragende Etwas, das nie jemand haben wollte,
das ich dir anbiete – und mit Stolz!
Ein fruchtloser Stolz, wie alles was mich betrifft,
weil ich kenne die Bitternis, wenn du – eines Tages –
das einzige, was ich dir geben konnte, wegwirfst,
ich wäre dann eine vergessene Geschichte mehr
für dich und für die Welt.

Erst nach der Bitternis werde ich
meinen Weg kennen, der mehr und mehr unauffindbar ist,
überfallen wird mich die schamlose dunkle Besessenheit,
daß ich nunmehr, der Welt verloren,
ein Nichts sein werde,
ein Nichts sein werde.

II

NADA

La ilusión hecha trizas quebrará mis caminos
todo se hará cansancio, todo se hará dolor,
se harán cansancio todos mis árboles divinos
y se harán dolorosas mis fontanas de amor.

Nacerán en la tierra fragante los espinos,
savia triste y anémica correrá en el verdor,
me herirá las pupilas la maldad del destino
que hizo sangre las flores de mi ruta mejor.

Pobres vidrios azules de la ilusión florida
que tendrá que truncarse fatalmente en mi vida
bajo el impulso ciego de la desolación.

... Después echar perfumes de una nueva canción
que hará otra vez las rosas de la carne cansada
y hará otra vez caminos que no dejarán nada.

II

NICHTS

Die zersplitterte Illusion wird auf meinen Wegen hallen,
nur Müdigkeit, nur Schmerz wird das Ergebnis sein,
alle meine Gottesbäume werden in Müdigkeit verfallen,
kläglich werden meine Liebesfontänen rauschen, allein.

Die duftende Erde wird nichts als Dornen treiben,
ein jämmerlicher Saft wird blutleer aus dem Grünen fließen,
krank wird mein Auge sich am Schicksal reiben,
da die Blumen meines Wegs blutrot in meine Wunden stießen.

Arme blaue Fenster meiner blühenden Fantasie,
in meinem Leben ist sie nichts als Hohn
unter der blinden Regung der Verzweiflung.

... Dann bringt ein neues Lied den Wind der Hoffnung
und weckt noch einmal mit Rosen den müden Leib
und ist auf den leeren Wegen ein müder Zeitvertreib.

III

NADA

Por mi ventana pasan los hombres, las mujeres,
los niños y los perros. Todos pasan iguales.
Pasan por mi ventana como toda la gente
cuando pasa por ésta mi larguísima calle.

Las mujeres que pasan se quedan un momento
en mis ojos. Las miro. No las veré jamás,
ni tampoco a estos hombres, ni tampoco a estos perros
que se irán por la vida como todos se van.

(Una nube de polvo entra por mi ventana.)
Dolor por las mujeres que tienen que pasar
y por todas las cosas. Por todo lo que pasa
en un momento frágil, quebradizo y fugaz.

Son todas pequeñeces. Como nosotros. Alas
que levantan el vuelo, que no vuelven jamás.
Todas la masa anónima. Nosotros, nada, nada,
perros, hombres y cosas vulgares. Nada más.

III

NICHTS

An meinem Fenster gehen die Männer vorbei und die Frauen,
die Kinder und die Hunde. Alle gleichermaßen
gehen sie vorbei wie jedermann an meinem Fenster,
der durch diese lange Straße gehen muß.

Die Frauen, die vorübergehen, bleiben einen Lidschlag
lang in meinen Augen. Ich sehe sie an. Nie wieder
werde ich sie sehen, auch die Männer und die Hunde nicht,
sie alle werden wie wir alle durchs Leben gehen.

(Eine Staubwolke dringt durch mein Fenster.)
Schmerz der Frauen wegen, die vorüberziehn
und der anderen Dinge wegen. Um alles was
in einem flüchtigen brüchigen Augenblick vorüberzieht.

Sind alles Nichtigkeiten. Wie wir. Flügel,
die zum Fluge ansetzen und niemals wiederkehren.
Die ganze anonyme Masse. Wir – nichts, nichts,
Hunde, Menschen und gewöhnliche Dinge. Nichts weiter.

SENSACIÓN AUTOBIOGRÁFICA

Hace dieciséis años que nací en un polvoso
pueblo blanco y lejano que no conozco aún,
y como esto es un poco vulgar y candoroso
hermano errante, vamos hacia mi juventud.

Creo muy pocas cosas en la vida. La vida
no me ha entregado todo lo que yo le entregué
y emocional y altivo me río de la herida
y el dolor es a mi alma como dos es a tres!

Nada más. Ah! me acuerdo que teniendo diez años
dibujé mi camino contra todos los daños
que en el largo sendero me pudieran vencer.

Haber amado a una mujer y haber escrito
un libro. No he vencido porque está manuscrito
el libro y no amé a una, sino a cinco o seis …

EMPFINDSAME SELBSTDARSTELLUNG

Sechzehn Jahre ist es her, da ich in einem Dorf,
weiß und staubig, weit von hier und mir noch immer
unbekannt, geboren wurde, und weil dies abgenutzt und
heimelig klingt, wenden wir uns meiner Jugend zu.

Ich glaube an wenige Dinge im Leben. Das Leben
hat mir nicht alles ausgehändigt, was ich ihm gab;
und aufgewühlt und auf dem Kothurn lache ich über die Wunde,
und der Schmerz in meiner Seele ist mir einerlei.

Nichts weiter. Ach! Als ich zehn Jahre war, habe ich
meinen Weg entworfen gegen Wind und Wetter,
daß sie mich auf dem langen Pfad nicht unterkriegen.

Eine Frau lieben und ein Buch schreiben:
Es ist mir nicht gelungen, weil das Buch
Manuskript geblieben ist, und geliebt hab ich mehr als eine ...

EN EL TREN

Estaciones y pueblos y paisajes ligeros
que corren tras los vidrios como una exalación,
nublación del recuerdo, los cansancios primeros
los primeros desgastes plenos del corazón.

Todo vive tras una cerrazón enfermiza
de recuerdos que acuden cuando corre el vagón
su ruta triste bajo los cielos de ceniza
en los paisajes grises de la desolación

que pasa evocadora de todos los dolores,
y de la rubia lumbre de los días mejores
y del abismo enorme de desconsolación

que puso sus negruras en la ruta cansada
y que (llanto en los ojos) encendió una amargada
y espasmódica crisis de desesperación.

20 de Setiembre

IM ZUG

Bahnhöfe und Dörfer und Landschaften fliehen,
hinter den Scheiben sind sie flüchtige Schemen,
Boten des Schlafes, und wir nach Erinnerung süchtig,
doch das Herz wird müde, wenn wir uns sehnen.

Alles kehrt wieder, Schrift an der Gewitterwand,
Erinnerung eilt herbei, wenn der Wagen rollt
und seine traurige Spur eingräbt an den Rand
der Straße und der aschfarbene Himmel über uns tollt,

der unsere Schmerzen herbeiruft und verteilt,
und der Gedanke am blonden Herd besserer Tage verweilt,
bis er versinkt im bodenlosen Schlund,

der seine schwarzen Ränder auf die müde Route legt
und die Bitternis (die Augen klagen) an die Stirne schlägt,
bis uns das Fieber schüttelt und wortlos schweigt der Mund.

20. September

LOS PUEBLOS HUMILDES

Llegar en una tarde o en un día cualquiera
a los pueblos humildes en donde nadie espera,
donde el olor de flores, besos de primavera
nos recoge y nos hace latir el corazón

en la emoción sencilla de las cosas pequeñas
que saben sernos dulces, parecernos risueñas
tras el encanto ingenuo de la tarde que sueña
o del día que enarca la luz de su canción.

¡Nuestro cansancio inútil en la bruma de olvido
que tejen las fragancias de las flores de nido
en un encantamiento de amor y de bondad!

Y sentirnos humildes pequeños y malditos
por la ruta ilusoria de nuestros largos gritos
en el quebrantamiento de la fatalidad.

21 de Setiembre

DIE SCHWEIGENDEN DÖRFER

Anzukommen an einem Nachmittag oder an einem beliebigen
anderen Tag in einem der bescheidenen Dörfer, wo niemand
auf uns wartet, wo der Blumenduft wie ein Kuß
des Frühlings uns begrüßt und unser Herz anregt

im schlichten Gefühl für die kleinen Dinge, die uns
ihre Süße zu geben wissen, die uns anlächeln
im wunderbaren Zauber des träumenden Nachmittags
oder am Tag, wenn sich der Refrain seines Lichtes rundet.

Unsere nutzlose Müdigkeit in der Gischt des Vergessens,
wenn der Balsam der Blume am Herd einen
Zauber von Liebe und Güte webt.

Und wir spüren in Demut unsere Enge und Verdammnis,
da wir wie von Sinnen auf der Straße der langen Schreie gehen
und das Verhängnis ausbrechen sehen.

21. September

MUJER DE MIS PRIMEROS ENSUEÑOS

¡Oh mujer que en mi ruta con mi dolor te igualas
en este amor extraño que se formó al vibrar
aquella pena vieja que me rompió las alas
y que puso dolidas rosas en mi cantar!

Yo te he llevado toda mi vida hecha sollozos
en mi cansancio sangre de mi vano querer
en este único algo que se hizo doloroso
por la leyenda inútil de tu voz de mujer.

Siempre, siempre en la vida como una hermana
a quien no he hablado nunca pero que sé que existe
por este amor extraño que se truncó en dolor.

Por estas rosas tristes de mi cantar dolido
y porque me aromaste con aromas del nido
de todos mis dolores y de este extraño amor.

12 de Octubre

FRAU MEINER FRÜHEN TRÄUME

Oh Frau, die auf meinem Weg mit meinen Schmerzen brennt,
in dieser seltsamen Liebe, die entstand,
als mir das alte Leid die Flügel einst versengt
und mir die wunden Rosen legte in den Gesang.

Getragen hab ich dich mein Leben lang in Tränen,
im Blut die Spur vertaner Liebe Müdigkeit,
was unbestimmt war, wurde banges Sehnen,
geprägt und eingraviert von deiner Frauenstimmigkeit.

Immer im Leben, immer warst du mir wie eine Schwester,
zu der ich nie gesprochen, doch weiß ich, sie lebt,
sie gab mit der Liebe die Schmerzen mir zu allen Stunden.

Der tristen Rosen wegen, die in meinem Gesang
mit Schmerzen wiederkehren und im Duft, so lang
er währt, wird Liebe nur mit Schmerz verbunden.

12. Oktober

ODIO

Esta ciudad plomiza que me envuelve en su largo
quebrantamiento que hace dolor mi soledad
que me da el sabor amargo
de quedarme en la vida sin amor ni bondad.

Porque todas las tardes se hace crisis la vida
se hacen cansancios hondos las tristezas dormidas
y solamente vibra la cuerda del dolor;

cuidad plomiza y triste que desgarra mis buenos
entusiasmos humildes con que mis ojos plenos
de tedio agonizaron en un duro claror,

ciudad gris y monótona bajo mis desencantos,
bajo la lluvia tibia de mis primeros llantos
en las desolaciones de la ruta primera.

Ciudad que bajo el canto de la azul primavera
es hostil cansada como un día cualquiera
con sus hombres que chatos de espíritu han dejado
que se desangre todo mi llano ilusionado.

Octubre 11

HASS

Diese bleierne Stadt, die mich zudeckt mit ihrem ständigen
Auswurf und die meine Einsamkeit in Schmerz verwandelt;
die mir den bitteren Geschmack verleiht,
daß ich am Leben bleibe ohne Liebe und Verstehen.

Weil an jedem Nachmittag kommt das Leben an den Wendepunkt,
verwandelt sich die eingeschlafne Trauer in tiefe Müdigkeit,
und nur das Seil des Schmerzes vibriert;

bleierne Stadt, so trist, die du mit deiner Kralle
meine bescheidene Begeisterung gepackt hältst, in der meine
Augen angeekelt die Agonie unerbittlicher Helligkeit erfuhren,

graue und monotone Stadt, Stadt meiner Enttäuschungen
unterm lauen Regen meiner frühen Klagen,
in der Vereinsamung der frühen Wege.

Stadt, die unterm Sang des blauen Frühlings
uns feindlich und müde begegnet wie ein gewöhnlicher Tag,
mit ihren Menschen, die platte Seelen haben und zusehen,
wie die Landschaft meiner Hoffnung verdorrt.

11. Oktober

YA TE PERDÍ

Ya te perdí mujer. En al camino
me prendiste una lámpara fragante,
entonces se aromaron y se hicieron divinos
todos estos cansancios humildes y constantes.

No sé si apenas eras una leyenda o eras
un río que afluía para todo dolor
pero si fue leyenda para mi primavera
enfloreciste aromas dentro de mi canción.

Hiciste un semillero de ilusiones
que vivió intensamente en mi tristeza.
Lentamente. Fue el jugo de rencores
echados sober el manto de la ilusión ingenua.

En mi torre de odios tuviste una ventana
(un vidrio ilusionado, transparente y gentil.)
Ya se quebró. Es inútil que te llame mi amada
porque, mujer, en una negrura te perdí.

Noviembre

SCHON HAB ICH DICH VERLOREN

Schon hab ich dich verloren, Frau. Meinen Weg
hast du mit einer duftenden Lampe erhellt,
davon kam das Arom und die Göttlichkeit
in die kleinen anhaltenden Verdrießlichkeiten.

Ich weiß nicht einmal, ob du eine Legende warst,
oder warst du ein Fluß, in den sich der Schmerz ergab,
aber wenn du die Legende meines Frühlings warst,
dann hast du meinem Lied den Duft und die Blüten gebracht.

Du hast eine Baumschule an Illusionen gepflanzt,
die Leben brachte in meine Traurigkeit.
Allmählich. Es war der Saft des Grolls,
ausgegossen über den Mantel naiver Illusion.

Im Turm meines Hasses gehörte dir ein Fenster
(das Glas, transparent und edel, war Täuschung).
Schon ist es zerbrochen. Wozu dich meine Geliebte nennen,
denn in einem schwarzen Schacht hab ich dich verloren.

November

¡CÓMO DUELEN LAS NOTAS DE LOS PIANOS!

Amada,
has puesto un mal de pena sobre mi corazón
antes tenía una melancolía blanda
que florecía en rosas de desconsolación.

Pero ahora oh amada! me has dado este veneno
que subterráneamente mira mis entusiasmos,
va echando piedras tristes por mis caminos ciegos
y cuando pido rosas plenas me da espasmos.

¡Mal de pena cortante sobre la vida trunca!
Estas eternas ansias de sentirse alejar
alargando las sierras de la amargura,
en las rocas misterios de la fatalidad.

¡Oh! Tendrías que ser rosas hechas milagro,
tendrías que ser agua de divina bondad,
y tendrías que ir hasta todos los pianos,
decirles que no duelan para mi soledad!

Y tendrías que ir a la vida insepulta,
y quitarme estas ansias estériles, y ser
vapor de suavidades, plenitud de dulzura
de otra manera yo no podría volver.

WIE DOCH DER KLAVIERE NOTEN SCHMERZEN!

Geliebte,
du hast mein Herz mit Leid erschlagen,
wo ich doch früher mich mit Melancholie begnügte,
mit den Rosen der Betrübnis und mit Klagen.

Doch jetzt, Geliebte! hast du mir dies Gift gegeben,
das sich unterschwellig an meinem Schmerz weidet,
das mir Steine in den blinden Weg legt,
und wenn ich Rosen will, mir ihr Blühn verleidet.

Ach wie der Schmerz ins entstellte Leben schneidet!
Dies bange Gefühl, sich aus allem zu entfernen,
obschon die Berge der Bitternis immer höher werden
und wie geheimnisvolles Felsgestein die Fatalitäten sind.

Oh, wenn du als ein Wunder aus den Rosen kämst,
du wärst das Wasser, geschöpft aus Gottes Klarheit,
und trätest hin und sagtest allen Klavieren,
sie sollen mich in meiner Einsamkeit vor Schmerz bewahren!

Und müßtest dich begeben ins offene Leben
und mir die fruchtlosen Ängste nehmen und
ein Hauch an Sanftheit sein, von Güte ganz Gestalt,
anders könnte ich nicht sagen, ich bin dein.

Y este mal que me has puesto sobre mi pecho triste
este desangramiento fuera de mi ilusión,
ojalá que se hiciera lluvia aromada y firme
y botara otro prisma para tu corazón …

26 de Noviembre 1919

Und dies Übel, das du mir auf die traurige Brust gelegt,
dies Entbluten jenseits meiner Illusion,
ich will hoffen, es wird daraus ein süßer steter Regen,
der in deinem Herzen anschlägt einen neuen Ton …

26. November 1919

LLUVIA LENTA

No ha de venir, porque la esperas,
¡No ha de venir! ¡No ha de venir!

Habrás de ser todo promesas
ilusionadas, hasta el fin …

Lluvia de vida lastimosa
encima de nuestros sentidos,
ansia de beberse las rosas,
y no ha venido. ¡No ha venido!

(Como se empapan las divinas
regiones de las cosas mías).
¡Habrás de ser lumbre sagrada
Un semillero de alegrías!

Lluvia, cansancio lastimoso,
¿Me harás de nuevo el corazón?
¿Harás que sangren mis sentires
tras mi quebranto de ilusión?

STETER REGEN

Sie wird nicht kommen, weil du auf sie wartest.
Sie wird nicht kommen! Sie wird nicht kommen!

Du wirst dir Hoffnungen machen,
Einbildungen bis zum Schluß …

Regen und das Leben eine Klage,
er fällt auf unsere Sinne,
man möchte die Rosen austrinken,
und sie ist nicht gekommen. Nicht gekommen!

(Wie doch die Felder meiner göttlichen
Belange unter Wasser stehen).
Ein heiliges Feuer sollst du sein,
eine Brutstätte der Freuden!

Regen, lästiges Einerlei,
gibst du mir mein Herz zurück?
Werden meine Sinne wieder bluten
nach dem Bruch der Illusion?

Ilusionadas y lejanas
vibran alas tardes, hasta el fin.

No ha de venir, porque la esperas.
¡No ha de venir! ¡No ha de venir!

30 de Noviembre 1919

Voller Illusion, und in der Ferne
zittern des Abends Flügel, hin zum Ende.

Sie wird nicht kommen, weil du auf sie wartest.
Sie wird nicht kommen. Nicht kommen!

30. November 1919

VELADA FAMILIAR

El alma de Chopin brumoso sobre la vida vulgar
por entre las telarañas de estos encantamientos
que traen, oro hecho sedas, en plenitud de bondad,

y cerrados los ojos por los divinos senderos
caminar, caminar.

> (Yo presintiendo una agonía
> lánguidamente espiritual
> sepulcros de la melodía
> enfermiza ... el sendero ... y caminar
> y caminar ...)

¡Oh! No como aquel de las extrañas canciones
nosotros almas simples, ir rimando los sones
de la música triste con la ruta interior,
¡Oh! No como aquel mago pálido de las pupilas lejanas
nosotros, almas simples, ayer como mañana
cruelmente ilusionados para siempre, Señor.
(El alma de Chopin brumoso, sobre la vida vulgar
oh! el sendero sin cansancio ... Y caminar ...
y caminar ...)

UNGEZWUNGENE ABENDUNTERHALTUNG

Die Seele Chopins schwebt verschwommen über dem
gewöhnlichen Leben,
dringt in die Spinnennetze von so viel Verzauberung ein,
die uns Gold, das Seide war, und an Güte die Fülle bringt,

und mit geschlossenen Augen auf göttlichen Pfaden
wandeln und wandeln.

(Die Vorahnung einer Agonie
kommt mich an, schmachtend
und spirituell, Gräber der
kränkelnden Melodie … der Pfad … wandeln
und wandeln …)

Oh! Nicht gleichen wir dem, der die Lieder schrieb,
wir simplen Seelen, bei uns reimen die Klänge
der traurigen Musik sich mit dem Weg nach innen.
Oh! Nicht gleichen wir dem Magier mit der weiten Pupille,
wir simplen Seelen, die heute wie gestern
sich grausame Illusionen machen immerdar, mein Herr.
(Die Seele Chopins schwebt verschwommen über dem
gewöhnlichen Leben.
Oh! Der Pfad ohne Müdigkeit … Und wandeln …
und wandeln …)

LOS TRES MOSQUETEROS

En la brava leyenda de aquellos mosqueteros
nosotros tradujimos un poema gentil,
oro y sangre, la sangre de los sueños primeros
un poco dolorosa y otro poco infantil.

Pero aunque yo ya estaba cargado de venenos
esperaba aquel viejo cuento del optimismo.
Me contenté pensando que ustedes eran buenos
que me echarían mieles adentro del abismo.

Y así fue: tuve un vago renacer de alegría,
encontré más humildes y más suaves los días
hallé algunas bondades para mi corazón.

Por eso en esta hora nostalgiosa y herida
he llenado de gracias la hondura de mi vida
y he pedido que nunca los maltrate el dolor.

20 de Diciembre 1919

DIE DREI MUSKETIERE

Aus der kühnen Legende jener drei Degen
trugen wir ein Poem herbei, das von Adel,
und in Gold und Blut getaucht klang's verwegen,
es war das Blut der frühen Träume ohne Tadel.

Auch wenn damals schon in mir der Gifte viele
mich bedrängten, so hoffte ich auf die alte Mär.
Sie, meine Herren, dachte ich, sind am Ziele
und reichten mir, als ich so darbte, den Honig her.

Und wirklich, die Freude kehrte wieder,
mit Demut grüßte ich die leisen Lieder
meiner Tage, und Güte stärkte mir das Herz.

So kam's, daß ich in wehmutsvoller Stunde
mich tief verbeugte vor der Runde,
nun möge sie verschont sein vor jedem Schmerz.

20. Dezember 1919

LA ORACIÓN EN LA NOCHE

Sin luna y sin amor, como dos huérfanos
se han cerrado mis ojos. Ha venido
un estremecimiento de solado
algo así como un escalofrío.

En la noche desierta y fragorosa
he recordado la honda claridad de la luna
que echaba su alba leche sobre todas las cosas
con una blanda pena, casi sin amargura …

Y en una calentura de ruegos humillados
he caído de bruces sobre la tierra buena
y en los cielos azules por los hombres cansados
he querido ser bueno como una luna llena.

Y a los hombres que solos van por su soledad,
bajarse para darles toda la claridad.

Y que beban, que beban de la fuente serena
sin odio, sind cansancio, sin dolor y sin pena.

DAS GEBET IN DER NACHT

Ohne Mond und ohne Liebe haben sich meine Augen
wie zwei Waisenkinder geschlossen. Unter mir
der Fliesenboden bebt, eine Erschütterung
die einem Schüttelfrost gleicht.

In der einsamen und unwegsamen Nacht
habe ich mich an die tiefe Klarheit des Mondes
erinnert, wenn er seine weiße Milch ergoß
über alle Dinge, so lind, so ohne Bitternis ...

Und in einem Fieber kniefalltiefer Bitten
bin ich der guten Erde aufs Gesicht gefallen,
und im Blau des Himmels wollte ich
der müden Menschen wegen gut sein wie ein voller Mond.

Diese Menschen, die alleine gehen durch ihre Einsamkeit,
sie sollten unten bleiben, daß sie mein Licht bekämen.

Und trinken sollen sie, trinken aus ungetrübter Quelle,
ohne Haß, ohne Müdigkeit, ohne Schmerz und ohne Leid.

EN LA VENTANA

Ayer, ayer no más, como una carga
era mi corazón un ritmo bueno

Y no pasó una amada,
no pasó un canto amable florecido de ensueño.

No pasó una alborada
No pasaron los pájaros trinadores de luz
No pasó nada, nada.

(Los hombres se callaban. Yo miraba el azul,
pasó una nube rubia, pero nunca volvió).

(¿A qué mundo? ¿A qué mundo?
¿Te fuiste nube rubia, candorosa y cobarde?)

¡Ir viviendo, Señor! como un milagro
dormido en los cansancios de la tarde.

2 de Febrero

AM FENSTER

Gestern, gestern erst war mein Herz
als würde es sich entladen rhythmisch im Takt.

Und keine Geliebte kam vorbei,
kein traulich Lied erklang, erblüht im Traum.

Kein Tag brach an,
Kein Vogel tirilierte sich ins Licht,
Keine Nachricht wurde Ereignis.

(Die Menschen schwiegen. Ich schaute ins Blau,
eine blonde Wolke zog vorbei, doch kehrte sie nie mehr zurück).

(Wohin in welche Welt, wohin?
bist Wolke du gegangen, so blond, arglos und so zögerlich?)

Und immer weiterleben, Herr! wie ein Wunder,
das der müde Nachmittag schlafen legte.

2. Februar

SI ALGÚN DÍA VOLVIERAS

Amada, rubia amada de mis días primeros
te has ido de mi vida sin que tú lo supieras
tal como viniste para mis días buenos
habrás de hacer temblar mi primavera.

Amada, rubia amada que esperó mi cansancio
hace ya mucho tiempo que no puedo esperar
desde que se enturbiaron mis deseos más claros
y desde que no puedo caminar.

Si algún día volvieras, rubia amada perdida
haré seda el cansancio y te sonreiré
pero serás la llaga más honda de mi vida
si a mis desesperanzas llegaras otra vez.

Febrero 8

KÄMEST DU EINES TAGES WIEDER

Geliebte, blonde Geliebte meiner frühen Tage,
du bist aus meinem Leben gegangen, ohne es zu wissen,
so wie du gekommen bist in meinen guten Tagen,
wirst du meinen Frühling erzittern lassen.

Geliebte, blonde Geliebte, du hast gewartet,
bis ich müde war, und warten kann ich längst nicht mehr,
seit meine reinsten Wünsche sich in Trübsal kehrten,
und seit ich nicht mehr meinen Ort verlassen kann.

Kämst du eines Tages zurück, blonde Geliebte, die ich
verloren habe, wird meine Müdigkeit aus Seide sein und
ein Lächeln wird dich, tiefste Wunde meines Lebens,
begleiten, falls du noch einmal in meinen tiefsten Kummer steigst.

8. Februar

GRACIAS II

Gracias, mujer ignota que en este día gris
pusiste la fragante nota de una ilusión
los gajos temblorosos de una miel juvenil
en los viejos racimos de mi mal corazón.

Gracias, mujer.
Gracias por este loco minuto de inquietud
que me abrió un ventanal de amanecer
entre las nubes de mi juventud.

Gracias porque no tengo que esperarte mañana
en el huerto cerrado que no ha de florecer,
gracias, mujer lejana
porque nunca has venido, porque no has de volver.

Febrero

DANK II

Dank, unbekannte Frau, die du an diesem grauen Tag
die duftende Note einer Illusion gesetzt hast,
die zitternden Trauben eines jugendlichen Honigs
auf die welken Büschel meines kümmerlichen Herzens.

Dank, Frau.
Dank für diese irre Minute der Unruhe,
die mir ein Fenster in den Tag hinein geöffnet
zwischen den Wolken meiner jugendlichen Jahre.

Dank, weil ich morgen nicht auf dich warten muß
in dem verschlossenen Garten, der nicht blühen wird,
Dank, Frau so fern,
weil du nie gekommen bist, weil du nie zurückkehren wirst.

Februar

NO ME SIENTO CAMBIAR

No me siento cambiar. Ayer yo era lo mismo.
El tiempo pasa lento sobre mis entusiasmos
cada día mas raros son mis escepticismos,
no he sido nunca víctima ni de un pequeño orgasmo

mental que derribara la canción de mis días
que quebrara mis dudas, que borrara mi nombre.
No he cambiado. Es un poco más de melancolía,
el poquito de tedio que me dieron los hombre.

No he cambiado. No cambio. Mi padre está muy viejo.

Los rosales florecen, las mujeres se van
cada día hay más niñas para cada consejo
para cada cansancio, para cada bondad.

Pero yo estoy lo mismo. En las tumbas ancianas
los gusanos rabiosos deshacen el dolor,
todas los hombres piden demás para mañana
yo no pido nada, ni un poquito de mundo.

ICH SPÜRE KEINE VERÄNDERUNG

Ich spüre keine Veränderung. Gestern war ich was ich immer war.
Die Zeit geht langsam über meine Stürme hinweg,
daß ich ein Skeptiker war, wird immer unglaubwürdiger,
nie war ich das Opfer auch nur des kleinsten

mentalen Orgasmus, der das Lied meiner Tage zu Bruch gehen ließe,
meine Zweifel bräche, meinen Namen auslöschte.
Ich habe mich nicht verändert. Ein wenig mehr Melancholie,
ein wenig Ekel, der mir von den Menschen kam.

Ich habe mich nicht verändert. Ich ändere mich nicht.
        Mein Vater ist schon sehr alt.

Die Rosenstöcke blühen, die Frauen gehen,
jeden Tag gibt es mehr Mädchen für jeden guten Rat,
für jede Müdigkeit, für jede gute Tat.

Aber ich bin, was ich war. In den alten Gräbern
zernagen die Würmer den Schmerz,
alle Menschen bitten um mehr, als sie brauchen für morgen,
ich bitte um nichts, nicht mal um ein wenig Welt.

Pero en un día amargo, en un día lejano
yo sentiré la rabia de no tender las manos
de no elevar las alas de la renovación.

Quizá si será un poco más de melancolía
pero en la certidumbre de la crisis tardía
yo haré una primavera para mi corazón.

1920

Aber eines bitteren Tages, eines fernen Tages
wird mich der Zorn bewegen, die Hände nicht auszustrecken
und nicht zu erheben die Flügel der Erneuerung.

Mag sein, die Melancholie wird zunehmen,
aber in der Gewißheit einer späten Erschütterung
will ich meinem Herzen einen Frühling schenken.

1920

LA ESTROFA HUMILDE

Ir por la calle con una estrofa dulce
entre los labios cada vez más nuestros.

Dejar que pasen los hombres cansados,
los niños que tienen los ojos humildes.

Pero la estrofa deshecha en los labios
tiene una lenta caricia de miel.

La calle se alarga.
Todas las mujeres
tienen en sus ojos un claror de bestias
sensuales.
Los niños se pierden. Los perros también.
Y los hombres pasan con ojos brutales,
con ojos que piden algo que se fue.

Pero la estrofa nos guía.
Deshace sus mieles intactas
como una pastilla de goce, de vida, de fe.

DIE BESCHEIDENE STROPHE

Durch die Straße gehen mit einer einschmeichelnden Strophe
auf den Lippen, die immer mehr uns gehören.

Die Menschen vorüberziehen lassen,
die Kinder mit niedergeschlagenen Augen.

Die auf den Lippen aufgelöste Strophe aber
kommt daher mit stetem Streicheln wie von Honig.

Die Straße ist endlos.
Alle Frauen
haben in den Augen den Widerschein sinnlicher
Bestien.
Die Kinder gehen verloren. Die Hunde auch.
Und die Männer gehen vorbei mit Augen wie Tiere,
Augen, die einklagen, was einmal gewesen ist.

Aber die Strophe weist uns den Weg.
Sie läßt fließen ihren unberührten Honigseim
wie ein Bonbon voll von Genuß, von Leben und von Zuversicht.

YA SIENTO QUE SE VA MI ADOLESCENCIA

Ya siento que se va mi adolescencia
es un temblor que encanta la quietud de mi sangre
se empañaron las albas tramas de mi inocencia
y un río de oro turbio fluye sobre mi carne.

Es la carne intocada de alguna primavera
que me ha echado las linfas vírgenes de su amor,
es el paso temblante de la sombra primera
que rediviva ha muerto para mi corazón.

(Piano, piano enlutado de las tardes románticas,
ya no puedes cantar
ya no sueño en las tardes con las sombras extáticas,
que llovían sus besos sobre mi soledad.)

(Arboles, perros tristes, malditamente mudos
un vino cantarino disolvió mi dolor
y en la noche ya nunca besaré los desnudos
troncos hermanos de desolación.)

En mis venas enormemente débiles.
siento un galope de caballos, ebrios de sangre y de inquietud
y en mis arterias candorosas los róndeles
desorientados de la juventud.

SCHON SPÜRE ICH MEINE JUGEND VERGEHEN

Schon spüre ich meine Jugend vergehen,
es ist ein Zittern, das der Ruhe meines Blutes schmeichelt;
im Schatten sind die frühen Entwürfe meiner Unschuld,
und ein Fluß aus trübem Gold überschwemmt meinen Leib.

Es ist der unberührte Leib eines gewesenen Frühlings,
der seiner jungfräulichen Lymphe Liebe nach mir warf,
es ist der ungewisse Schritt des ersten Schattens,
der neu belebt meinem Herzen starb.

(Klavier in Trauer, Klavier romantischer Nachmittage,
du kannst nicht mehr singen,
schon träum ich nachmittags nicht mehr von ekstatischen Schatten,
die ihre Küsse regnen ließen auf meine Einsamkeit.)

(Bäume, traurige Hunde, zur Stummheit verdammt,
ein Krug Wein hat meinen Schmerz erlöst,
und nie mehr werde ich in der Nacht küssen
die nackten brüderlichen Rümpfe der Trostlosigkeit.)

In meinen ach so schwachen Venen
spüre ich den Galopp von Pferden, trunken von Unruhe und Blut,
und in meinen arglosen Arterien die abwegigen
Rondos der Jugend.

En mis estanques se ha nublado la santa y buena transparencia
y un viento negro ha derribado la lucidez de mi emoción.
Es que ya siento que se va mi adolescencia
y va dejando que revienten los frutos negros del dolor.

In meinen Teichen hat sich mit Wolken überzogen die gute,
die heilige Transparenz, ein schwarzer Wind hat meiner Emotionen
Leuchtkraft zu Fall gebracht. Es ist meine Jugend, die schwindet,
wobei des Schmerzes schwarze Früchte sich erbrechen.

LA LLAGA MÍSTICA

Y haber volcado en tu alba las rosas del deseo
desde el enorme empuje donde corre mi senda,
haberte amado como Gonzalo de Berceo
pudo amar a la virgen santa de la leyenda.

Amarte, amarte, amarte sobre toda mi vida
amarte con los tristes racimos de mi ser
y deshacer las rosas de mi herida florida
para que se fecunde tu carne de mujer.

Y después miraría con mis ojos lejanos
tu belleza perdida, tus trenzas y tus manos
y el rosal de cansancios que se anegó de luz.

Yo querría entregarte las rosas del deseo
que en su celda llagada Gonzalo de Berceo
ofrecía a la virgen florecida de azul.

DIE GEHEIMNISVOLLE WUNDE

Und Rosen hab ich in des Tages Morgenröte hingetragen
zu dir, da ich mit Begier und Kraft den Pfad erstiegen,
wie Gonzalo de Berceo will ich meine Liebe wagen,
als er der Gottesmutter einst Verse hat geschrieben.

Dich lieben will ich und lieben zu allen Stunden,
dich lieben mit den tristen Dolden meiner Erde,
wegwerfen die Rosen meiner blühenden Wunden,
damit dein Leib geschwängert werde.

Sodann würde ich betrachten mit abwesendem Blick
deine verlorene Schönheit, deine Zöpfe, deiner Hände Geschick
und den Rosenkranz aus Verdruß, der im Licht verglühte.

Des Begehrens Rosen wollt ich dir wie einst Berceo geben,
als er in seiner Zelle in Schwären lag auf Tod und Leben
und die heilige Jungfrau sah, wie sie in Blau erblühte.

EL CANTAR GENEROSO

Almas de ensueño y almas de canciones
ya tocan las campanas de la muerte,
y quedan tantos besos por besar, tantas flores
que no se fecundaron en ninguna vertiente,

pero nosotros somos el mundo. Cada día
nace un mundo por cada nacimiento de amor,
y el olvido renace muriendo en las pupilas
astrales que llevamos dentro del corazón …

Y si hay rosa besémosla. Y si hay vientre curvado
démosle agua, mucha agua, mucho pan, mucho amor,
y casi sin palabras démosle nuestro labios
como una bendición …

DAS GROSSHERZIGE SINGEN

Seelen im Traum und Seelen im Lied,
schon läuten die Totenglocken
und so viele Küsse sind noch zu geben, so viele Blumen,
die an keinem Hang zu Früchten wurden,

aber wir sind die Welt. Jeden Tag
wird eine Welt geboren in der Geburt der Liebe,
und neu geboren wird das Vergessen und stirbt im Stern
der Pupillen, den wir im Herzen tragen …

Und wo wir eine Rose finden, küssen wir sie und geben
einem runden Leib Wasser, viel Wasser, viel Brot, viel Liebe
und wortlos fast reichen wir ihm unsere Lippen
wie einen Segen …

LAS PUERTAS

Tengo dos puertas claras
como el aire y el sol,
tengo dos puertas claras
las puertas claras de mi corazón.

Abiertas a los vientos
y a la luz y al amor
como se abren las puertas multiformes
de todos los caminos del dolor.

Como el pájaro tibio
que mira a Dios, yo escucho
y miro los rosales que florecen
como mi corazón de esperar mucho.

La hoja cae,
cae el dulce retoño,
y el fruto vibra como un seno suave
presintiendo las rutas del otoño.

Tiembla la tierra y todo fruto nuevo
se abre a los caminales del dolor
y abro como dos rosas de silencio
las puertas claras de mi corazón …

DIE TÜREN

Ich habe zwei helle Türen,
die wie Luft sind und Sonne,
ich habe zwei helle Türen,
die hellen Türen meines Herzens.

Den Winden sind sie geöffnet
dem Licht und der Liebe,
sie sind so mannigfaltig,
daß sie dem Schmerz Einlaß geben.

Wie der aufgebrachte Vogel,
der Gott anschaut, lausche ich
und betrachte die Rosen, die erblühen
wie mein Herz, das lange warten mußte.

Es fällt das Blatt,
es fällt die weiche Knospe,
die Frucht erzittert wie eine sanfte Brust
in einer Ahnung herbstlicher Wege.

Die Erde erzittert, und jede neue Frucht
öffnet sich im Geflecht des Schmerzes,
indes ich gleich zwei Rosen aus Schweigen
die hellen Türen meines Herzens öffne …

LOS MANOS DE LOS CIEGOS

Dame las manos, ciego. Las manos de los ciegos
son como las raíces de estos hombres inertes,
se queman retostadas por el sol en Enero
en el otoño sienten como llega la Muerte ...

Tajeadas y sumisas en el silencio viven
descarnando en sus dedos la hilacha del dolor,
y la hilan recogidas como frailes humildes
que estuvieran hilando las palabras de Dios.

Los ciegos tienen toda su alma en estas manos
ásperas de rozarse con los miembros humanos
traspasadas de duelo, temblorosas de amor.

¡Tiemblan como cordajes los largos dedos magros
----------------------------*
tajeadas y sangrantes de noche y de dolor!

12 de Julio

* *suprimido: y se cubren de (oro?) como viejos milagros*

DIE HÄNDE DER BLINDEN

Gib mir deine Hände, Blinder. Die Hände der Blinden
sind wie die Wurzeln dieser schwachen Menschen,
sie dunkeln im Feuer der Januarsonne,
im Herbst spüren sie den Tod nahen …

Gezeichnet und unterwürfig im Schweigen leben sie,
mit den Fingern zerbröseln sie die Faser des Schmerzes
und fügen sie neu und in sich gekehrt wie Mönche,
die in Demut Gottes Worte aneinandernähen.

Der Blinden ganze Seele liegt in ihren Händen,
die rauh sind, weil sie andere Menschen streiften,
von Schmerz durchbohrt, in Liebe zitternd.

Es zittern wie Takelwerk die langen mageren Finger
----------------------------*
gezeichnet und blutend aus Nacht und Schmerz!

12. Juli

* *gestrichen: und bedecken sich (mit Gold?) wie alte Wunden*

¡Y esta sala, esta sala de Liceo, esta sala
que para los dolores me ha cortado las alas
y para los ensueños me las deja crecer!
Esta sala egoísta que me ha dejado ser
mezquino como todos, como muchos pequeño.
Todos los días, todos los días como ahora,
esperar que se pasen bien ligero las horas
y cotidianamente conversar con los mismos
matando cada día los mismos espejismos ...
Llegué cuando tenía seis años al Liceo.
Tenía en las vertientes de mi vida el deseo
de conocer siquiera lo que era la alegría.
¡Y pensar que no puedo sentirla todavía!
Ha sido el mismo eterno cuento del desengaño
pasando por mi vida como pasan los años,
como pasan las nubes, como pasan los vientos
dejando lluvias tristes y dolores violentos.
Y así seguir andando dolorido. Mañana
cerraré más mi puerta y abriré mi ventana
para no hacer lo que hacen estos hombres pequeños
---------------------------*

* *ilegible (VF)*

DIE GESÄNGE DES HASSES

Dieser Saal, dieser Saal des Lyzeums, dieser Saal,
der mir die Flügel gestutzt hat für meine Schmerzen,
und läßt sie wachsen, damit ich träumen kann!
Dieser ichbesessene Saal, der mich zum Wicht
gemacht hat wie alle hier, und nichtig wie so viele.
Jeder Tag gleich, gestern ist wie heute
im Warten, daß die Stunden ja rasch vergehen,
und täglich reden mit derselben Meute
und täglich ein Opfer sein derselben Täuschung…
Ich kam, als ich sechs war, ins Lyzeum.
Ich hatte an den Quellen meines Lebens den einen Wunsch,
zu erfahren, was das ist, die Freude.
Und nun weiß ich, ich kann sie immer noch nicht spüren!
Es war die ewiggleiche Geschichte von der Enttäuschung,
die durch mein Leben zog wie der Gang der Jahre,
wie Wolken ziehen, Winde jagen,
die den traurigen Regen bringen und die heftigen Schmerzen.
Und so immer weiter mit Schmerzen gehen. Morgen
werde ich fester meine Tür verschließen und mein Fenster öffnen,
um nicht das zu tun, was diese kleinlichen Menschen tun
---------------------------*

* *unlesbar (Victor Farías)*

Pero, claro! es inútil porque en un cierto día
compraré una maleta y sin alegría
me iré donde van todos estos »que han estudiado«.
¿Que me importa? ¡Ingeniero, médico o abogado
siempre seguiré siendo lo que hasta ahora he sido
un muchacho que tiene mucho de dolorido
mucho de candoroso, mucho de desgraciado!

Y en todos estos años de Liceo no he amado,
apenas si en los ojos de una rubia lejana
creí finier mi éxodo por buscar una hermana
por buscar los remansos de ensueño de una fuente
donde meter mis manos afiebradas y ardientes.

¡Ahora sé que no era la hermana prometida
porque tal como vino se la llevó la vida!

Y amando, amando siempre nuestros pobres hermanos
por todo lo que tienen de deseos humanos
sacrificados bajo la potencia del yugo,
trabajando en la mina, deshaciendo los jugos
de sus vidas en duelos, en sudores y esputos
amamantando tigres y soportando brutos …

Aber ja! Es ist sinnlos, weil eines schönen Tages
werde ich mir einen Koffer kaufen und ohne Freude
werde ich mich dorthin begeben, wo die hingehen, »die studiert
haben«.
Was kümmerts mich? Ob Ingenieur, Arzt oder Rechtsanwalt,
immer werde ich das sein, was ich bis jetzt gewesen,
ein Kerl, der ziemlich traurig,
sehr heißblütig und ach so unglücklich ist!

Und von Liebe nichts in all den Lyzeumsjahren,
ein wenig nur in den Augen einer Blondine in ziemlicher
Entfernung, in der ich eine Schwester zu sehen glaubte,
sie das Ende meines Exodus, ein Traum an einer Quelle,
in die ich meine fieberheißen Hände hätte tauchen können.

Jetzt weiß ich, sie war nicht meine anverlobte Schwester,
wie sie gekommen, hat das Leben sie mir genommen!

Die Liebe, immer die Liebe zu unseren armen Brüdern,
die die Wünsche des Menschen in sich tragen,
die unterm Joch gebeugt alles wagen,
die im Bergwerk ihren Lebenssaft geben,
vergehen in Schweiß, Auswurf und Klagen,
sie säugen den Tiger und müssen jedes Getier ertragen …

¡Y justicia y derecho del porvenir que gimen
bajo el peso tremendo del dolor y del cúmen!
Sangre, sangre caliente de los hombres, ¿adónde
dejas toda tu carga de energías? ¡Responde!
Este es mi santo grito contra las manos lerdas
que soportan tiranos hechos de barro y de mierda.

¡El Liceo, el Liceo! ¡Toda mi pobre vida
en una jaula triste ... ¡Mi juventud perdida!
¡Pero no importa, vamos! pues mañana o pasado
seré burgués lo mismo que cualquier abogado
que cualquier doctorcito que usa lentes y lleva
cerrado los caminos hacia la luna nueva ...
¡Qué diablos, y en la vida como en una revista
un poeta se tiene que graduar de dentista!

¡Y pensar que yo espero que llegue una mujer
inmensa, buena y dulce para todo mi ser!
Quizás mañana mismo por mi ruta la sienta
y tendré un dolor grande que no estaba en mi cuenta,
con el dolor bicóncavo de ser hombre y poeta
me iré con mis ensueños y dos tres maletas ...

Und die Gerechtigkeit und das Recht der Zukunft,
sie stöhnen unter der Last von Schmerz und Sorgen!
Blut, heißes Blut der Menschen, wohin
mit deiner Ansammlung an Energie? Gib Antwort!
Das ist mein heiliger Schrei, gegen die trägen Hände,
welche die aus Lehm und Kot gemachten Tyrannen ertragen.

Das Lyzeum, das Lyzeum! Mein ganzes armes Leben
ist ein trauriger Käfig… Meine verlorene Jugend!
Was soll's, gehen wir weiter! Denn morgen oder übermorgen
werde ich ein Bourgeois sein wie jeder beliebige Anwalt,
wie jedes beliebige Doktorchen, das seine Brille trägt, und
die Wege sind versperrt bis zum neuen Mond…
Zum Teufel auch, daß sich im Leben wie in den Illustrierten
ein Dichter zum Dentisten examinieren lassen muß!

Wenn man sich vorstellt, daß ich auf das Erscheinen
einer betörenden Frau warte, die mein Dasein verbessern
und versüßen könnte! Vielleicht treffe ich sie schon morgen,
und ein Riesenschmerz kommt hinzu zu meinen Sorgen,
es ist der doppelt konkave Schmerz, Mensch und Dichter zu sein,
der mich samt meiner Träume und zwei drei Koffern vertreibt…

ELEGÍA DE LA PENA QUE PASA

I

Esta mañana pasaron cantando
los tres soldados que van al cuartel
por las avenidas floridas de oro
bajo los oros del amanecer,

oro sangrante de las alboradas,
triunfo celeste del sol y del bien,
¡cómo brillaban las hojas y cómo
sangraban los oros del amanecer!

Los tres cantaban canciones ardientes
de amores suaves, de penas silentes
de cosas lejanas que no han de volver.

Doblaron cantando el polvoroso recodo,
cantando, cantando se fueron y todo
se entregó al oro del amanecer.

ELEGIE ÜBER DEN ZEITWEILIGEN SCHMERZ

I

Heute morgen sangen und zogen vorbei
drei Soldaten auf dem Weg in die Kaserne,
sie kamen über goldblühende Alleen
unterm hellen Licht des frühen Tags,

unterm blutenden Gold der Morgenröte,
himmlischem Sieg der Sonne und des Schönen,
wie sehr glänzten die Blätter und wie
sehr bluteten die Lichter des frühen Tags!

Die drei sangen glühende Lieder von
sanfter Liebe, stummen Schmerzen,
entlegenen Dingen, die nicht zurückkehren.

Sie kamen singend um die staubige Straßenecke,
sie sangen und singend zogen sie weiter und dann
lag alles wieder unterm hellen Licht des frühen Tags.

II

Dulce muchacho de los ojos grises,
no tengas pena que van a volver
a consolar tus heridas humildes.

No llores tanto muchacha doliente,
todas la cosas se van y se van
como esta mañana las voces ardientes
pasaron cantando para la ciudad.

La vida es un poco cansante muchacha,
nos duele, nos duele como una campana
que vibra en el oro de amanecer,

y cuando miramos por las avenidas
oímos canciones y voces dolidas
cantadas por hombres que no han de volver …

Julio de 1920

II

Sanfter Jüngling mit den grauen Augen,
sei nicht traurig, sie kehren zurück,
und sie werden deine bescheidenen Wunden lindern.

Wein doch nicht, Mädchen in deinem Kummer,
alle Dinge vergehen auf immer,
so wie an diesem Morgen die glühenden Stimmen
vergangen sind auf ihrem Weg durch die Stadt.

Das Leben bringt zuweilen Erschöpfung, Mädchen,
es schmerzt uns, schmerzt wie eine Glocke,
die im Gold des frühen Tags vibriert,

und wenn wir uns umschauen auf den Alleen,
hören wir Lieder und klagende Stimmen,
von Männern gesungen, die nicht zurückkehren werden …

Juli 1920

EL ROMANCE RURAL

Chiquilla de ojos pardos y de dulce mirada
porque no lo quisiste no tuviste mi amor,
aquí entre estos burgueses de aldea descansada
donde un poeta es casi lo mismo que un ladrón.

Yo que llevé mis versos como un dolor de muelas
que todas estas gentes trataban de curar
miré tus ojos dulces y tu carita buena,
tuve el presentimiento de lo que va a llegar.

Y luego en una tarde, mientras un tren piteaba
(yo creo que pitea y que no pita un tren)
haberte dicho algunas candorosas palabras
y un poco de ensueño y otro poco de miel.

Y después un idilio que soñaba. Tres besos,
para tu boca, para tu voz, para tu ser,
un idilio de pueblo fragancioso y sereno
(Olvidar desde luego a Trigo y Lorraine.)

Pero la vida quiso chiquilla que esa tarde
cayeran mis palabras como puedan caer
las piedras dolorosas en el cercado suave ...
¡Y mis palabras eran luces de amanecer!

DÖRFLICHE ROMANZE

Mädchen mit den braunen Augen und dem sanften Blick,
du verschmähtest und also bekamst du sie nicht, meine Liebe,
hier unter diesen Ackerbürgern eines brachliegenden Dorfes,
wo ein Dichter fast soviel gilt wie ein Dieb.

Ich, der ich meine Gedichte herumtrug wie einen Zahnschmerz,
den all diese Leute zu heilen suchten,
ich blickte in deine sanften Augen, sah dein gutes kleines Gesicht,
und eine Ahnung befiel mich, was geschehen würde.

Und eines Nachmittags dann, als ein Zug stöhnte
(ich glaube, daß er stöhnt und nicht pfeift),
wie gern hätte ich dir da ein paar herzliche Worte gesagt,
und ein wenig Traum und ein wenig Honig dazugegeben.

Und dann mein erträumtes Idyll. Drei Küsse
für deinen Mund, für deine Stimme, für deine Gestalt,
ein Idyll in diesem so bedrückenden und stillen Dorf.
(Und man vergesse Trigo und Lorraine.)

Aber das Leben, Mädchen, wollte es, daß an diesem Nachmittag
meine Worte herabstürzten, wie nur Steine herabstürzen
können, und fallen wie Schmerzen in ein sanftes Gehege …
Und waren doch meine Worte Licht des neuen Tages!

¡Chiquilla (yo me acuerdo que usabas taco bajo)
eres sencilla y buena como la Sencillez!
Y sin embargo nunca te pude abrir mis brazos
mostrarte mis panalesy entregarte la miel…

Graciela te llamabas, Graciela de ojos dulces
ahora que he sufrido te doy las gracias. Yo
al que me da emociones como se dan perfumes
le dejo en mis recuerdos algo de corazón…

Juni 1920

Mädchen (ich weiß noch, du trugst flache Absätze),
du warst unkompliziert und gut wie die Einfachheit in Person!
Und dennoch konnte ich dir nie meine Arme öffnen,
dir meine Honigwaben zeigen und vom Honig geben …

Du nanntest dich Graciela, Graciela mit den sanften Augen,
jetzt, da ich gelitten habe, danke ich dir für deine Grazie. Wer
mir Emotionen schenkt, wie andere Parfüm verschenken,
dem geb ich ein wenig von meinem Herzen in meinen Erinnerungen …

Juni 1920

LA CHAIR EST TRISTE, HÉLAS!

Pobre, pobre mi vida envenenada y mala
(cuando tuve trece años leía a Juan Lorraine)
y después he estrujado la emoción de mis alas
juntando mis dolores con versos de Verlaine.

En mi senda bien triste fueron libros amigos
los que me dieron agua, los que me dieron pan.
(Amé las rubias vírgenes que amó Felipe Trigo
y amé el decadentismo feudal de Valle-Inclán.)

Y luego Schopenhauer se llevó mi alegría.
La carne se me antoja más triste cada día
y más triste mi vida se llena de porqués.

Y pienso lentamente, casi sin amargura
que en libros y mujeres se fueron mis dulzuras
como en aquel doliente verso de Mallarmé.

LA CHAIR EST TRISTE, HÉLAS!

Wie arm, arm und vergiftet doch mein elend Leben ist,
(mit dreizehn Jahren las ich Jean Lorraine),
und später habe ich die Erregung meiner Flügel erdrückt,
indem ich meine Schmerzen vermählte mit Versen von Verlaine.

Auf meinen wirklich tristen Wegen waren Bücher meine Freunde,
sie waren es, die mir Wasser gaben und auch Brot.
(Wie Felipe Trigo habe auch ich die blonden Jungfraun geliebt
und ich liebte auch Valle-Incláns feudale Dekadenz.)

Dann kam Schopenhauer und nahm mir meine Heiterkeit.
Das Fleisch, so möchte ich sagen, wird trister mit jedem Tag,
und trauriger vermehren sich in meinem Leben die Fragezeichen.

Und langsam kommt mir der Gedanke ohne Bitternis,
daß mit Büchern und mit Frauen dahinging meine Wonne,
ganz so wie in jenem schmerzlichen Vers von Mallarmé.

SENSACIÓN DE CLASE DE QUÍMICA

Los alumnos nos hacen paralelepípedos
copian grabados del libro de Química,
me roe el fastidio mordiente del bípedo
que siente la herida de la metafísica.

¡Odiosa ganguea la voz pedagógica
... ácido estéarico ... química sintética ...
tantas endiabladas curvas psicológicas
en la gelatina de mis energéticas!

La lluvia en los vidrios deja sus rosetas
y yo pienso, pienso como un poeta
que a veces detesto y a veces ... envidio ...

¡La herida, qué diablos! de vieja se amustia
y sobre la silla me agacha la angustia ...
¿Angustia? ¡Fastidio, fastidio, fastidio!

Clase de química – Julio

ANWANDLUNG IN DER CHEMIEKLASSE

Aus uns Schülern machen sie einen Parallelepipedos,
wir malen die Illustrationen ab aus dem Chemiebuch,
an mir nagt der beißende Jammer des Bipedos,
der die von der Metaphysik geschlagene Wunde spürt.

Verhaßtes Näseln der Pädagogenstimme,
… Talgsäure … synthetische Chemie …
so viele verteufelte psychologische Kurven
in der Gelatine meiner energetischen Kräfte!

Der Regen malt auf den Scheiben seine Rosetten,
und ich denke, denke wie ein Dichter,
den ich zuweilen verabscheue … zuweilen beneide …

Zum Teufel mit der Wunde! Alt wie sie ist, setzt sie Schorf an,
und die Pein drückt mich hinab auf den Stuhl …
Pein? Ekel ist's, Ekel, Ekel!

Chemieklasse – Juli

LA BUSCA

El buen loco de Nietzsche decía
en la casa llena deja de cantar
pero canta y canta en la casa vacía
– tu voz sea un grito disuelto en el mar –

Canta en el silencio tu canción primera
lanza en el silencio tu última canción
de frente al milagro de la primavera
que va floreciendo la aldea interior.

Esto es lo que el loco de Nietzsche decía
y voy buscando la casa vacía
pensante y vibrante como un corazón.

Ya me estoy cansando de buscar en vano,
no encuentran mis ojos, mis pies ni mis manos
la casa en que debo cantar mi canción.

DIE SUCHE

Der verrückte, gute Mensch Nietzsche hat gesagt,
im vollen Haus laß das Singen sein,
aber singe und singe im leeren Haus
– deine Stimme sei ein über dem Meer aufgelöster Schrei –

Singe in der Stille dein erstes Lied,
schick hinaus in die Stille dein letztes Lied,
dem Wunder des Frühlings entbiete die Stirn,
wenn er das innere Dorf erblühen läßt.

Das ist es, was der verrückte Nietzsche gesagt hat,
und nun suche ich das leere Haus,
in Gedanken und schwungvoll wie ein Herz.

Schon bin ich müde, umsonst die Suche,
es finden meine Augen, meine Füße und Hände nicht
das Haus, darin ich mein Herz singen lassen soll.

CIRUELOS FLORECIDOS

En el huerto pequeño tan dulce
de intimidad que ciegan las más mínimas cosas.
Las lechugas humildes tienen algún perfume
y la tierra es amiga, moldeada y aromosa.
Los ciruelos levantan las corolas
florecidas y tiemblan de un apacible amor.
Rebalsa, así una ola
un perfume de tierra y un latido de sol.

PFLAUMENBÄUME IN BLÜTE

In dem kleinen Garten, der so sanft in seiner
Innerlichkeit, daß man von den geringsten Dingen geblendet wird.
Die devoten Salate haben einen gewissen Duft,
und die Erde ist eine Freundin, so gut gelungen und würzig.
Die Pflaumenbäume erheben ihre blühenden
Kronen, und eine ruhige Liebe läßt sie erzittern.
Es staut sich, gleich einer Welle,
ein Ruch nach Erde und ein Prickeln von Sonne.

LA MAESTRITA AQUELLA ...

Aquella maestrita rubia como las mieses
tan rubia que al principio la creyeron inglesa
sigue triste como antes, tan triste!

¡Si parece
que desde su llegada se enfermó de tristeza!

Unos le dicen Celia y otros le dicen Marta,
ella contesta siempre con toda indiferencia.

Hace ya tanto tiempo que no recibe cartas
que parece que nadie lamentara su ausencia.

La quieren los chiquillos de la clase aunque ella
se va poniendo mucho más triste cada vez,
triste cuando les habla de lejanas estrellas,
triste cuando pregunta cuánto es ocho por tres.

Y ayer al deletrearles un nombre del dictado
se le subió a los ojos la niebla del pasado
y detrás del pupitre se quedó sin hablar ...
Entonces bajo el peso de un dolor infinito
los niños de la clase, pobres corazoncitos
que no saben lo que hacen! rompieron a llorar.

DAMALS DIE KLEINE SCHULLEHRERIN …

Die kleine Lehrerin, blond ist sie wie das reife Korn,
so blond, man hielt sie anfangs für eine Engländerin,
sie ist noch immer traurig, ach so traurig wie zuvor!

Man könnte meinen,
sie sei seit ihrer Ankunft krank nur aus Traurigkeit!

Die einen nennen sie Celia, die anderen Marta,
und immer liegt in ihrer Antwort diese Gleichgültigkeit.

Es ist schon so lange her, daß sie Post bekam,
fast sieht es so aus, als ob niemand ihre Abwesenheit beklagte.

Die Kinder in der Klasse lieben sie, auch wenn sie
von Mal zu Mal trauriger wird,
traurig, wenn sie ihnen von fernen Sternen erzählt,
traurig, wenn sie wissen will, wieviel acht mal drei ist.

Und gestern, als sie ihnen ein Wort fürs Diktat buchstabierte,
stieg ihr der Nebel der Vergangenheit in die Augen
und hinterm Pult stand sie da und war ganz stumm …
Da fingen unter der Last eines unendlichen Schmerzes
die Kinder in der Klasse, diese armen Herzchen,
die nicht wissen, was sie tun, zu weinen an.

PRIMAVERA

La lluvia cae, payasos
sobre las calles mojadas
ojos que nada miraron,
boca que no dijo nada.
Oh primavera de grumos
dulces, de carnes rosadas,
cielos de un azul obscuro
y aguas de color de agua.
Ahora
carmín sobre bocas muertas
broma,
fiesta.
¿Para quién llegaste, para
quién llegaste, primavera?

FRÜHLING

Der Regen fällt. Clowns
auf den nassen Straßen,
Augen, die nichts gesehen,
Mund, der nie gesprochen.
Oh Frühling der süßen
Knospen, Körper wie Rosen,
Himmel von dunklem Blau
und die Gewässer wasserfarben.
Jetzt
Karmin auf toten Mündern,
Scherz,
Fiesta:
Für wen bist du gekommen, für
wen, Frühling?

DÍA MIÉRCOLES

Casita pobre
las gallinas que andan por el patio solo,
la madre que cose.

La madre que cose,
que zurce, que parcha las ropas cansadas
de día y de noche.
Hay en los rincones
de la casa muchas
flores.

Y por todas partes
la tristeza blanca
de las casas pobres.

AM MITTWOCH

Ärmlich das kleine Haus,
die Hühner, die auf den verlassenen Hof laufen,
die Mutter, die näht.

Die Mutter, die näht
und flickt und stopft die müd gewordene Wäsche
am Tag und in der Nacht.
Es gibt in den Winkeln
des Hauses
viele Blumen.

Und überall
die weiße Traurigkeit
der amen Häuser.

LO MISMO

Voy estas calles tristes en este atardecer
paseando mi cansancio de chiquillo precoz,
un sentir en los labios, en los ojos y en
el recuerdo el retrato de la estéril visión.

... Las calles. Dos muchachos que conversan a
risotadas a costa de vaciar el placer
ficticio del ridículo que pueden encontrar
en las caras, los hombres y todo lo que ven.

Y en esta ciudad de odios andar, y andar, y andar,
acunar más los odios dentro del corazón,
ahondar esta herida que sangra siempre igual
como una flor extraña que se fundió en dolor.

... Por las calles enormes, desoladas y sin
aquel encantamiento que se perdió en el Mal
y la mancha enfermiza de este eterno sentir
en los labios y adentro de los ojos ... Andar.

31 de Octubre

DAS EINERLEI

Ich laufe die traurigen Straßen entlang, wenn es Abend wird,
führe meine Müdigkeit, die eines frühreifen Jungen, spazieren,
ein Gefühl auf den Lippen, in den Augen,
und im Gedächtnis das Abbild einer unfruchtbaren Vision.

... Die Straßen. Zwei junge Leute, die im Gelächter
sich das fragliche Vergnügen leisten, in allem,
was sie sehen, die lächerlichen Seiten
zu entdecken, in den Gesichtern, in den Menschen.

Und in dieser vom Haß überzogenen Stadt herumzulaufen,
im Herzen immer mehr Haßgesänge wiegend,
die Wunde vertiefen, die immer gleich blutet
wie eine seltsame Blume, die im Schmerz Wurzeln schlägt.

... Durch die ungeheuren Straßen, die verlassen sind und
die ihren Zauber an das Böse abgegeben haben,
und der kränkelnde Fleck dieses ewigen Gefühls
auf den Lippen und in den Augen ... Laufen.

31. Oktober

DIE SCHULHEFTE VON TEMUCO

von Fritz Rudolf Fries

1980 werden im Auktionshaus Sotheby's drei Hefte mit Gedichten versteigert. Es sind die poetischen Notate des Schülers Néftali Reyes Basualto, besser bekannt als Pablo Neruda. Der chilenische Dichter, der Botschafter seines Landes, der Politiker und Freund Salvador Allendes, der Nobelpreisträger des Jahres 1971, hatte die verschollenen Arbeiten seiner Jugend seiner Schwester Laura vermacht. Einige wenige Gedichte waren veröffentlicht worden; der eigentliche Korpus, den die Schwester des Dichters in Abschriften aufgehoben hat, blieb unbekannt. Der chilenische Schriftsteller und Neruda-Kenner Victor Farías hat sie in diesen Jahren wiederentdeckt und der Öffentlichkeit zugänglich gemacht.

Wie eigentlich entsteht Dichtung? Die Frage bleibt spekulativ. Einfacher ist es zu fragen, unter welchen Umständen entsteht Dichtung. Der in alle Weltsprachen übersetzte Dichter erinnert sich um 1950 an jenen zehnjährigen Néftali Reyes Basualto, der sich kein Bild von seiner Mutter machen kann. Sie ist nach seiner Geburt gestorben. 1904 in Parral geboren, zieht er 1914 mit seinem Vater nach Temuco, im »Herzen Araukaniens«. Es ist im Süden Chiles ein Land des ewigen Regens und der schwarzen Wälder. Das chilenische Wildwest ist bis 1887 ein Außenposten im Krieg gegen die letzten Indios. Es sind die oft besungenen Araukaner, die sich den spanischen Kolonialherren nie ergeben haben. Ein chilenischer Oberst rottet sie mit Pulver und Blei aus und gewinnt so dem Vaterland

1 160 000 Hektar fruchtbaren Bodens. Drei Jahrhunderte hat der Kampf gedauert. In Spanien galt Chile als ein gefürchteter Ort der Verbannung. Lope de Vega nannte es »das letzte Thule« – ein Land am Ende der Welt.

Aus dem Camp wird eine Siedlung, angelegt von den Desperados aus aller Herren Länder. Ein Schienennetz zieht durch die Landschaft, um das Holz zu transportieren. Néftalis Vater führt die Lastzüge durch die schweigenden Wälder. Der Junge begleitet ihn. Der Blick durchs Zugfenster verklärt die Landschaft: Indes der Regen seine Rosetten ans Fenster malt, verliert sich der Blick in den blauen Fernen der Sehnsucht. Die ersten Gedichte entstehen, die der Vater verlacht. Für eine Veröffentlichung in der Lokalpresse rät ein Freund zu einem Pseudonym. Der junge Dichter ist belesen genug, um wählen zu können. Er entscheidet sich für den Namen des tschechischen Dichters Jan Neruda (1834–1891). Pablo Neruda wird geboren.

Um 1917 hat Temuco 10 000 Einwohner, aber nur ein Krankenhausbett für 350 Bedürftige. Der unerkannte, junge Dichter besucht das Lyzeum, ohne sich groß auszuzeichnen. Mit seinem Schulfreund Juvenico Valle, der später zu den namhaften Dichtern Chiles gehören wird, entdeckt er die magische Welt der Literatur. Gemeinsam lesen sie den »Quijote«, die Gedichte von Walt Whitman, die russischen Autoren. Das Lyzeum am Ende der Welt ist eine von der Dichtung berauschte Anstalt. Die ältesten Schüler geben Empfehlungen und würzen die Langeweile der Chemiestunde mit Zitaten von Rimbaud, Baudelaire, Mallarmé, Strindberg, von Nietzsche und

Schopenhauer. Der junge Dichter bündelt diese Blumen des Bösen in seiner improvisierten tastenden Dichtung. Doch hat die Schule eine echte Dichterin vorzuweisen. Gabriela Mistral (1889–1957) ist die Direktorin des Mädchenlyzeums. Ihr bringt der linkische Poet seine ersten Versuche, und die Nobelpreisträgerin des Jahres 1945 bescheinigt seinen Arbeitern, daß da »ein echter Dichter verborgen sei«.

Angefangen hatte es mit einem Liebesgedicht an Blanca Wilson, der Tochter des Schmieds. Leider war es eine Auftragsarbeit eines Mitschülers, eine Fingerübung. Die Liebesgedichte des Schülers variieren die Klaviatur des unglücklichen Verliebten. Wußte er denn aus eigener Erfahrung, wovon er sang? Nerudas Biograph Volonia Teitelboim beschreibt eine erste Liebesbegegnung mit einer um wenige Jahre älteren Frau. Ein geheimnisvolles Abenteuer, das in den vorliegenden Gedichten nur metaphorisch zur Sprache kommt. Diese frühen Sonette evozieren die Sünde – das Erotische und das Religiöse, die Victor Farías anmerkt, gehen eine Liaison ein. Es sind Motive aus dem Reservoir einer klassischen Dichtung, die der angehende Poet kopiert. Zunächst dominiert die tradierte Form. Wenig später wird sich das Erleben die ihm gemäße Form suchen, und in den Liebessonetten (»Hungrig bin ich, will deinen Mund«) wird der arrivierte Dichter den ironischen Umgang mit den Formen vorziehen.

Erst allmählich vollzieht sich eine Art Häutung, der Mut zur freien Form, der schon dem Schüler in den Heften von Temuco erlaubt, dem Bild und den Gedanken Breite und Tiefe zu geben. Aus den Elegien mit den Rosen und Müdigkeiten wird der »ennui« des Pennälers, der mit seinem Freund durch Straßen streift und sich über den provinziellen Habitus der Passanten lustig macht. Aber sind diese Menschen nicht auch Vereinsamte, Verfolgte, Ausgebeutete?

Wie Victor Farías feststellt, sind die politischen Akzente in diesen frühen Gedichten eher schwach. Erst der Student Pablo Neruda wird um 1925 mit seiner Sammlung »Aufenthalt auf Erden« die Themen seiner Jugend fortführen und ein eminent gesellschaftlicher Dichter werde. Es sind in den »Schulheften von Temuco« alle späteren Themen in nuce vorhanden. Ein Gedicht wie das auf die »devoten Salate« des Gartens findet sich in vollkommener Ausführung in der »Ode an die Zwiebel« aus den »Elementaren Oden« (1954). Ein Gedicht wie das auf die kleine traurige Lehrerin, die mit ihrem Blondhaar einer Engländerin gleicht, liest sich für uns heute wie ein frühes Porträt seiner Lebensgefährtin Matilde, der die späten Liebessonette gewidmet sind.

»Alles in Schönheit sagen« – der vom Unterricht im Lyzeum gelangweilte Schüler träumt sich aus den blauen Fenstern hinaus in eine andere Welt. Wie entsteht eigentlich Dichtung? Es mag die Vision des Paradieses sein, die einem in der Jugend mühelos gelingt. Später bleibt die schwierige Arbeit, die Bilder der Jugend im Wandel der Zeiten zu bewahren. Die Gedichte des Schülers Néftali Reyes Basualto sind ein großes Beispiel dafür.

INDICE

INHALT

Editorische Notiz: Die Nachdichtungen folgen einem von Victor Farías hergestellten Typoskript der Gedichte von Pablo Neruda aus den Jahren 1919–1920. Bis auf wenige Ausnahmen sind die Gedichte unveröffentlicht. Die Anordnung in diesem Band folgt der Reihenfolge der Gedichte im Typoskript. Die Datierungen sind Bestandteil der Gedichte. Das Typoskript trägt den Titel »Los cuadernos de Temuco« – »Die Schulhefte von Temuco«; im Januar 1997 ist es in der Edition Seix Parral erschienen.

1 2 3 4 5 02 01 00

Luchterhand Literaturverlag GmbH, München
Satz: Greiner & Reichel, Köln
Druck und Bindung: Pustet, Regensburg

ISBN 3-630-87070-8